CAZA

À la mémoire
de Dame Rose-Anna Vachon,
la première grande pâtissière
du Québec

Catalogage avant publication de Bibliothèque et Archives nationales du Québec et Bibliothèque et Archives Canada

Bergeron, Alain M., 1957-

La galette des rois

(Le chat-ô en folie ; 13)
Pour enfants de 6 ans et plus.

ISBN 978-2-89591-151-7

I. Fil, 1974- . II. Julie, 1975- . III. Titre. IV. Collection : Chat-ô en folie ; 13.

PS8553.E674G34 2012   jC843'.54   C2012-940646-5
PS9553.E674G34 2012

Correction et révision : Annie Pronovost

Tous droits réservés
Dépôts légaux : 3e trimestre 2012
Bibliothèque et Archives nationales du Québec
Bibliothèque et Archives Canada
ISBN : 978-2-89591-151-7

© 2012 Les éditions FouLire inc.
4339, rue des Bécassines
Québec (Québec) G1G 1V5
CANADA
Téléphone : 418 628-4029
Sans frais depuis l'Amérique du Nord : 1 877 628-4029
Télécopie : 418 628-4801
info@foulire.com

Les éditions FouLire reconnaissent l'aide financière du gouvernement du Canada par l'entremise du Fonds du livre du Canada pour leurs activités d'édition.

Elles remercient la Société de développement des entreprises culturelles du Québec (SODEC) pour son aide à l'édition et à la promotion.

Elles remercient également le Conseil des Arts du Canada de l'aide accordée à son programme de publication.

Gouvernement du Québec – Programme de crédit d'impôt pour l'édition de livres – gestion SODEC.

IMPRIMÉ AU CANADA/PRINTED IN CANADA

La galette
des Rois

Miniroman de Alain M. Bergeron – Fil et Julie

LE CHÄT-Ô EN FOLIE

Connais-tu la tradition de la galette des Rois? Celui ou celle qui trouve une fève dans son gâteau devient roi ou reine de la soirée.

Moi, au lieu d'une fève, je glisserais une souris dans le gâteau!

Ou mieux: un rat! Tu imagines la queue du rongeur qui sort de la galette?

Ce serait drôle, chat, non?

Chapitre 1

L'ambiance est à la fête dans la grande salle du château. C'est la journée de la galette des Rois !

Chaque année, le 6 janvier, le roi Corduroy invite à manger les habitants du royaume. Du plus pauvre au plus riche, ils viennent tous au rendez-vous.

Assis à la table d'honneur, Corduroy observe la salle remplie de gens. Tout le monde porte un chapeau pointu en papier. Plus loin, le roi reconnaît Pépé.

Il est accompagné des autres apprentis chevaliers. Maître Bourbon, qui dirige l'école, gronde un élève.

– Messire Gadoua, ne mettez pas vos coudes sur la table!

Corduroy sourit. Il se sent comme un père qui accueille ses enfants pour un repas. Mais il reste deux chaises libres, à sa gauche.

– La reine Barbelée, ma cousine, et son neveu ne sont pas arrivés? dit-il à son chambellan.

Messire Ardent fait signe que non de la tête. À son avis, ce n'était pas une bonne idée d'inviter la voisine-cousine à cette fête. La reine Barbelée veut toujours déclarer la guerre à Corduroy.

Elle n'est pas là pour l'instant. Et messire Ardent en est bien content.

– Votre Majesté, vos gens ont faim, lui signale le chambellan.

Corduroy tape dans ses mains. Une armée de serviteurs sort de la cuisine. Ils déposent les plats sur les tables.

En général, le roi livre un long discours avant le début du repas. Aujourd'hui, Corduroy a tellement attendu sa cousine qu'il est affamé, comme ses sujets.

Alors, il glisse deux mots à l'oreille de monsieur Micrault, son porte-voix.

Celui-ci clame :

– Bon appétit !

Les invités se jettent sur leur assiette, une entrée de salade. Le roi voit maître Bourbon gronder de nouveau son élève.

– Messire Gadoua, mâchez la bouche fermée, je vous en prie !

Le repas se déroule normalement. On apporte la soupe aux pois, puis des brochettes de poulet. Les convives, rendus au dessert, sont maintenant tout excités. Monsieur Micrault, au nom du roi, annonce :

– Mesdames et messieurs, voici la galette des Rois!

Un tonnerre d'applaudissements salue le plat-vedette de la soirée. La galette est rectangulaire. Elle est grande comme une porte du château. Et presque aussi lourde.

– Et on parle d'un goûter léger! se plaint un serviteur.

Il faut diviser le gâteau. La chef pâtissière, Dame Rose-Anna, fait découper la galette en 500 parts égales.

Mais avant de distribuer les assiettes, Vattemare, le magicien de la cour, lance un sort à la galette.

– Je propose un petit changement à la tradition. Celui qui trouvera la fève aura droit à un feu d'artifice !

Un éclair de lumière jaillit de sa baguette et s'engouffre dans le dessert.

Corduroy se désole devant les deux chaises vides. Qui mangera les parts de la reine Barbelée et de son neveu?

La porte de la grande salle s'ouvre brusquement.

– Ma chère cousine! s'exclame le roi, ravi.

Barbelée marche jusqu'à sa place sur la pointe des pieds. Elle tient à rappeler à tous son passé glorieux de ballerine. Son neveu l'accompagne.

Barbelée paraît enragée. On dirait une lionne privée de nourriture depuis plusieurs jours. Elle s'écrie :

– J'ai faiiiiim ! Et je suis au régiiiiime !

Chapitre 2

L'arrivée de Barbelée jette un froid dans la grande salle. Pourtant, le repas de la galette des Rois se déroulait bien jusqu'ici.

Briquet, le dragon du roi, gronde sa colère.

– GRRROUAAAAF!

Il lance un tourbillon de flammes sur le pauvre chambellan, accouru pour le calmer.

Malgré cela, Corduroy est heureux de retrouver sa cousine. Il veut l'embrasser sur la joue, mais elle le repousse.

– En voilà des manières ! Vous sentez l'ail. J'ai bien envie de vous déclarer la guerre !

Pour Barbelée, le moindre souci est une bonne raison pour s'attaquer au royaume voisin. Corduroy rit de bon cœur, croyant à une blague de sa cousine. Il est si naïf. Il ne voit rien de mal dans les paroles de la reine.

Il ne sait pas qu'elle est venue à cette fête dans un seul but. Elle espère découvrir la fève dans son morceau de galette. Elle deviendrait la reine d'un jour du Royaume d'En-Bas.

Alors, elle ferait une nouvelle loi. Corduroy serait détrôné pour toujours. Elle pourrait donc régner toute sa vie sur les deux royaumes.

Mais le roi ignore ce plan mijoté.

Barbelée s'assoit à côté de son cousin. Le jeune Bouvier des Flandres, son neveu, prend le siège vide.

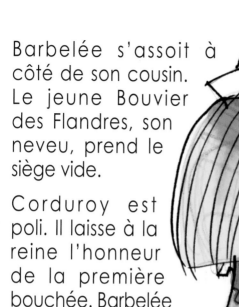

Corduroy est poli. Il laisse à la reine l'honneur de la première bouchée. Barbelée sent la galette.

Snif! Snif!

Puis, elle mord dedans. Elle mâche et remâche l'aliment sept fois.

Barbelée est déçue. Sa bouchée ne cachait pas la fameuse fève.

Le roi l'imite. Il n'a pas la fève non plus, mais ça ne le dérange pas. Il sourit à son peuple. C'est le signal que les gens attendaient. Ils peuvent manger la galette. Chacun souhaite avoir la fève qui fera de lui ou d'elle le roi ou la reine du jour.

– Je l'ai! Je l'ai! crie un mendiant.

Il brandit la fève, l'air triomphant. Il fait une danse de la victoire.

– Je suis le roi! Je suis le roi!

Messire Ardent arrive près du mendiant. Il lui rappelle qu'il doit montrer la fève avant d'être couronné roi. C'est à ce moment que le chambellan constate la vérité.

– Monsieur, ce n'est pas la fève !
C'est l'une de vos dents !

Chagriné, le mendiant, qui rêvait
d'être roi, s'écrase sur sa chaise.

Tout près, maître Bourbon
gronde un élève.

– Messire Gadoua, ne parlez pas
la bouche pleine !

À la table d'honneur, le roi n'a presque pas touché à son dessert. C'est le contraire pour Barbelée. Il ne lui reste qu'une seule bouchée.

– Mon cousin chéri, lui dit-elle, je vous propose un échange : votre assiette contre la mienne. Merci !

La reine espère que la galette de Corduroy sera plus chanceuse que la sienne.

Le roi accepte son offre.

Hélas pour elle, Barbelée ne trouve rien.

Soudain, elle plonge la main dans une poche secrète de sa robe. Elle en sort une fève. Ensuite, elle la glisse en cachette parmi les miettes de la galette dans son assiette.

Certaine que personne ne l'a vue agir, elle s'écrie, excitée :

– Je l'ai ! Je l'ai ! J'ai la fève !

Chapitre 3

La reine Barbelée n'a jamais été plus heureuse. Sauf la fois où elle a cassé les dinosaures jouets de Corduroy... Ou quand elle lui a volé ses bandes dessinées de Johan et Pirlouit... Ou lorsqu'elle a révélé à son cousin tous ses cadeaux de Noël avant qu'il ne les déballe, l'an dernier...

Barbelée paraît si contente d'avoir la fève qu'elle sourit !

En fait, ça ressemble plus à une grimace. Cela inquiète Corduroy. Il lui demande :

– Vous… euh… vous avez mal à l'estomac, chère cousine ? Des problèmes de digestion ?

– Je serai la reine de votre royaume, cousin ! Ha ! Ha ! Ha ! ricane-t-elle.

– Bravo, répond le roi.

Il est sincère. Il roule sur lui-même de plaisir. Sa cousine sourit si peu souvent. Voilà qui devrait la mettre de bonne humeur pour quelques minutes !

– Vous n'avez aucune idée de ce qui vous attend ! lui dit-elle, en grinçant des dents.

– Des surprises, j'imagine ? suppose Corduroy.

Le chambellan, messire Ardent, est catastrophé. Il a deviné que Barbelée prépare un mauvais coup. Corduroy, lui, ne s'en fait pas. D'ailleurs, il célèbre la victoire de sa cousine en avalant la dernière bouchée de sa galette.

Le roi mâche et essaie d'avaler. Mais il n'y arrive pas. Autre tentative. Autre échec, malgré la gorgée de lait.

Une voix monte à l'arrière de la salle. C'est celle de maître Bourbon, qui gronde un élève.

– Messire Gadoua, cessez de lécher votre assiette!

Corduroy est gêné. Il n'ose pas fouiller dans sa bouche devant la foule qui l'observe. Mais il n'a pas le choix. Le roi retire de sa bouche... une fève!

Quoi ? Lui aussi ?

La découverte étonne les invités.

Il y avait deux fèves dans la galette des Rois ? Donc, le royaume a deux rois d'un jour ? C'est contraire à la tradition, ça !

Barbelée a tout compris. Elle se fâche.

– Vous avez triché, cousin ! J'ai trouvé ma fève en premier. Vous ne vouliez pas perdre votre trône, n'est-ce pas ? Vous avez sorti une seconde fève de votre habit. Vous n'avez pas honte ? Vous me décevez beaucoup !

Corduroy cherche à se défendre. Mais il ne sait pas ce qui s'est passé.

Pendant ce temps, le chambellan appelle la chef pâtissière à la table d'honneur.

– Dame Rose-Anna, avez-vous caché deux fèves dans la galette?

La chef pâtissière est offusquée de la question.

– Sûrement pas, messire Ardent! Je peux vous le jurer sur la toque de mon défunt mari, Joseph-Arcade! Je n'ai mis qu'une seule fève dans la galette.

Plus bas, sans jeter un regard à Barbelée, elle ajoute :

– Foi de petits gâteaux Vachon, quelqu'un a triché...

Chapitre 4

La fête de la galette des Rois est en train de virer au cauchemar. Deux fèves ont été trouvées dans le dessert. Une par la reine Barbelée et l'autre par le roi Corduroy. Qui dit vrai? Et qui sera le roi ou la reine d'un jour au Royaume d'En-Bas?

– Y a-t-il de la magie là-dessous? s'interroge le chambellan.

À ces mots, Vattemare, le magicien de la cour, s'avance à la table d'honneur.

– Sire, il y a un moyen de savoir qui a la bonne fève.

Barbelée attend la suite avec inquiétude. Sa tricherie sera-t-elle dévoilée ?

– J'ai jeté un sort à la fève, reprend Vattemare. Celui ou celle qui l'a vraiment trouvée nous donnera tout un spectacle! Cela ne devrait pas tarder... Roi Corduroy, reine Barbelée, tenez la fève au creux de votre main.

Les deux font ce que demande le magicien.

– J'ai hâte de voir ça! s'exclame Corduroy.

Le peuple guette les deux cousins. Qui a réellement la fève des Rois?

Subitement, Barbelée s'agite. Elle se met à danser, comme lorsqu'elle était ballerine. Elle bouge les bras, elle saute dans les airs. Elle lâche même un petit gaz à cause de l'effort. Elle le souhaitait discret, mais tous l'ont bien entendu.

Son neveu, Bouvier des Flandres, éclate de rire en buvant. Il rit tellement que du lait lui coule par les narines.

– Gli! Gli! Gli!

Son rire contagieux se répand parmi les invités.

Du côté de Corduroy, c'est le calme plat. Il a beau regarder son ventre arrondi, rien ne se produit.

– Vous voyez ? s'exclame Barbelée. C'est moi qui avais la vraie fève ! Mon cousin a triché ! Il a...

À cet instant, de la fumée sort des oreilles de Corduroy. Elle émet un bruit de grosse flûte. Une lumière jaillit de son corps. Le roi brille comme une mouche à feu.

Soudain, la lumière se transforme en un large arc-en-ciel aux couleurs vives :

rouge comme une fraise;

orange comme une carotte;

jaune comme un citron;

vert comme un brocoli;

bleu comme du raisin;

indigo comme une aubergine;

violet comme une prune.

Puis, un nuage se forme au-dessus de Corduroy. Il éclate en un magnifique feu d'artifice, semant la joie et le bonheur chez les petits et les grands.

– Vive Corduroy, notre roi! hurle le peuple.

Et chacun lève son verre de lait à sa santé.

On donne à Corduroy une couronne de papier. Le roi fait appeler devant lui le mendiant qui avait pris sa dent pour une fève. Il dépose la couronne sur sa tête. Monsieur Micrault, le porte-voix du roi, annonce :

– Amis du Royaume d'En-Bas, voici votre roi pour la journée !

Le mendiant sourit de toutes ses dents, moins une, deux, trois…

Vaincue, Barbelée quitte la table en boudant.

– Je préfère les gâteaux aux fruits ! C'est meilleur pour mon régime que la galette des Rois !

– Dernière arrivée et première partie, remarque le chambellan.

Le neveu de la reine, Bouvier des Flandres, choisit de rester. Il s'amuse trop.

www.chatoenfolie.ca

Les pensées de Coquin

Moi, le Coquin, je me glisse dans les illustrations. À toi de me trouver! Et si tu veux savoir chaque fois ce que je pense, va vite sur le site découvrir *Les pensées de Coquin*, tu vas bien t'amuser.

Les mots modernes

Alain, Fil et Julie ont mis dans le roman des mots et des objets inconnus à l'époque des châteaux. Pour les retrouver tous, viens t'amuser sur mon site Web en cliquant sur le jeu «Mots modernes». Il y a aussi plein d'autres activités rigolotes.

Chat-lut!

La fête a duré des heures et des heures. Le mendiant a très bien régné. Moi aussi, j'ai eu droit à une part de la galette des Rois.

Ce que j'ai surtout aimé ? Le bol de lait qui l'accompagnait !

Y a-t-il quelque chose de meilleur qu'un bol de lait ? Oui... Deux bols de lait. Parce que deux, c'est mieux !

Cha-lut !

FIN

LE CHÄT-Ô EN FOLIE

Miniromans de
Alain M. Bergeron – Fil et Julie